Aventura en las Fuerzas Armadas

Aventura en las Fuerzas Armadas

Janeth Sheron

www.librosenred.com

Dirección General: Marcelo Perazolo
Diseño de cubierta: Patricio Olivera

Primera edición en español - Impresión bajo demanda

© LibrosEnRed, 2022
Una marca registrada de Amertown International S.A.

ISBN: 978-1-62915-515-9

Prólogo

En un mundo imaginario, por razones del destino, estalla el conflicto entre los países del Triángulo Occidental. La guerra, como suele pasar, afecta a uno de los ejércitos involucrados, el cual queda aislado temporalmente.

Sin embargo, dentro de este ejercito, los deseos carnales, el sexo y el placer pronto empiezan a manifestarse entre los mismos compañeros y se entremezclan con los valores como la disciplina, la solidaridad, la empatía y el respeto, todos elementos necesarios dentro de un ejército para mantener la moral elevada y así poder hacer frente a la inminente guerra recién iniciada.

Joseph, el protagonista de la historia, es un soldado proactivo y altamente eficiente, pero con un lado femenino desconocido, desenfrenado, salvaje y explosivo, en parte debido a su físico, y en parte por su picaresca curiosidad y su deseo de saber y querer entender todas las cosas. Dominado, sin que él mismo lo llegue a entender, por su instinto animal, natural y a veces descarado.

En esta novela corta de ficción se narran precisamente estas aventuras eróticas con temas de orientación LGTB para adultos exclusivamente.

Capítulo I: El comienzo

—¡Vaya sorpresa! —dijo el encargado—, ¿¡pero que tenemos aquí!?

—A alguien magro —replicó Mike.

En efecto, Joseph era bastante delgado y medía de 1.7 metros de estatura, pero su apariencia era extrañamente agradable: era completamente lampiño, tenía pequeños senos como de mujer, el cabello negro, la tez color canela y unas nalgas firmes y paradas.

Había ingresado a las fuerzas militares a sus 24 años, un poco por obligación quizás, pero en el fondo a él le llamaba la atención y sentía una gran curiosidad por estar allí enrolado con sus nuevos compañeros.

Todo empeoró cuando iban a las duchas, pues era parte del reglamento. Era costumbre entre hombres bañarse con el miembro al aire, como algo natural. El miembro de Joseph era más pequeño que el de todos sus compañeros, aunque cabe decir que cuando tenía una erección ya no parecía tanto, pues le crecía incluso más que a otros hombres en ese estado.

No tardó en hacerse notar este hecho, que corrió como pólvora de boca en boca, pero Joseph se mantenía tranquilo aguantando la presión de las bromas pesadas, lo consideraba parte de sus aventuras ya que también él mismo estaba asombrado de lo grande que muchos lo tenían.

Aunque él no se consideraba gay, sentía curiosidad de mirar a sus compañeros completamente desnudos, y también a los otros su fina figura y su porte femenino les hacía volar la mente pensando en hacer cosas sucias con él.

Algunos de ellos habían empezado a masturbarse delante de él, casi en su nariz, a propósito, para demostrar su virilidad y lo potente de sus erecciones.

Sin embargo, Joseph no se sentía apenado por aquellos hechos sino que, por el contrario, estaba conforme con su cuerpo, que empezaba a descubrir. De pronto se asustaba al encontrarse fascinado o atraído por el mismo sexo, aunque trataba de no pensar en ello demasiado.

Todo empeoró cuando por azares del destino quedaron aislados por la guerra que recién había comenzado entre los países del triángulo occidental.

Capítulo II: Todo por la boca

A pesar de todo, y debido a la presente situación, en la compañía todos habían llegado a ser buenos amigos, pues resaltaban la empatía, la solidaridad y el respeto a pesar de las bromas.

—Hoy a la noche nos toca turno de guardia —dijo Tony.

—Sí, así es —respondió Joseph.

Tony estaba desesperado, se sentía muy excitado y a través de los pantalones se hacía notar su gran desesperación.

Por su parte, Joseph, que se había percatado del problema, empezó a imaginarse cosas calientes. Trató de calmarse para dejar de pensar.

Después de la cena, todos pasaron a formación sin excepción.

Pronto, Jim, el sargento primero, llamó aparte a los que estaban de servicio y ordenó al resto de la compañía se dispusiera rumbo a los dormitorios para descansar.

Tony y Joseph estaban ya en la torre norte haciendo guardia. La noche estaba bastante tranquila, pero el calor era insoportable.

Entonces Tony, bajándose el ziper, se sacó el miembro completamente duro y erecto. Joseph no salía de su asombro.

—¿Te gustaría tocarla? —le dijo Tony.

—¡No lo creo! —respondió Joseph haciéndose el desentendido.

Sin embargo, su deseo por dentro era muy fuerte, y aunque volteó la mirada, no lo pudo ocultar. Tony le tomó la mano y se la puso sobre su grande y rosada herramienta. Joseph sintió que estaba muy caliente y al agarrarla pensó que ya no quería soltarla más, estaba completamente atraído, como por un imán.

Empezó a sobarla y lentamente comenzó a masturbar a Tony, Joseph sentía que le ardía la mano del calor y cada vez la agitaba con más rapidez, Tony sentía que iba a explotar en cualquier momento, y Joseph no se detenía.

—¡Voy a acabar! —exclamó Tony—. ¡Todo por la boca! —le dijo a Joseph, porque sabía que no podían dejar el semen regado en todo el piso de la torreta.

Joseph asintió y se agachándose sin dejar de masturbar desesperadamente a Tony. Puso sus labios tan cerca, que rozaban sin querer la gran cabeza rosada y briosa de Tony

—¡Ya!, ¡ya!, ¡¡ya!! —dijo Tony.

Rápidamente Joseph, como pudo, se metió la cabeza en la boca, y en un instante, Tony empujó su pene al fondo y empezó a descargar todo lo que tenía acumulado en su interior.

Joseph no dejaba de tragar, hasta que Tony eyaculó la última gota.

Capítulo III: Vamos por todo

Joseph se sentía un poco apenado y avergonzado por lo que había hecho la noche anterior, se esforzaba por no toparse con su "nuevo amigo" en cualquier parte, pero siempre divagaba en su mente y sentía todavía cómo él se corría en su boca, sentía el sabor y cómo los chorros de semen que expulsaba pasaban por su garganta. Tenía el olor impregnado en la nariz, y esto le provocaba cierta repulsión y al mismo tiempo le provocaba una fuerte erección.

El sabor que tenía en la boca no era tan malo después de todo.

Por su parte, Tony lo buscaba para agradecerle todo lo que había hecho por él la noche anterior.

Además de que le agradaba su compañía, había pensado invitarlo a comer algo en el período de descanso.

Tony también recordaba las manos calientes de Joseph agitando vigorosamente su miembro, y luego este dentro de la boca de aquel, expulsando toda su desesperación. No dejaba de pensar en cómo sería darle por atrás.

Sin embargo, también estaban los demás compañeros, que observaban todo y querrían un pedazo del pastel. Mike, Combo, Luca y Vito habían pensado lo mismo, pues junto con Tony eran los vecinos más cercanos de Joseph en el dormitorio y estaban desesperados.

Ellos habían ido aún más allá en sus pensamientos y lo querían todo y más, pues habían conseguido de alguna manera prendas femeninas que a ellos en lo particular los volvían locos, multiplicando, si se puede decir así, exponencialmente su deseo y su excitación.

Esas prendas eran unas pantimedias de color azul, un sostén color rojo intenso, un *babydoll* negro muy transparente y unos zapatos de tacón también de color negro, de charol, muy briosos.

Solo tenían que convencer a Joseph de usar aquellas prendas. Puesto que Joseph era completamente lampiño, prácticamente era como una mujer, se decían entre ellos.

Capítulo IV: Picnic

Eran aproximadamente las diez y media de la mañana, la hora de salida de la clase de Armería. La mayoría del grupo pasaría por la cafetería.

Joseph se adelantó a salir mientras Tony se quedaba hablando con el instructor del curso.

—Ven, Joseph —le dijo Mike en la salida del salón, aprovechando que era la hora del descanso y que ya todo estaba preparado, habían puesto las prendas sobre la cama de Joseph, en el dormitorio.

—Hola, Mike —dijo Joseph acercándose y saludando con la mano a Luca, Combo y Vito, que estaban allí también con Mike.

—¿Por qué no nos acompañas? —le dijo Mike.

—Queremos darte una sorpresa —dijo Vito.

—Sí, vamos al dormitorio y te lo mostraremos —dijo Luca.

Joseph lo pensó un momento, pero como realmente no quería encontrarse con Tony en la cafetería, pues aún sentía su sabor en la boca, decidió aceptar.

—Está bien —dijo Joseph.

Al entrar, Joseph vio las prendas sobre su cama.

—¡¡¡Pero qué!!! —dijo asombrado.

—¡¡¡Queremos que te las pongas!!! —dijo Combo.

—¿¿Qué?? ¡De ninguna manera! —dijo Joseph.

—Vamos a ponernos ropa deportiva, muchachos —les dijo Mike tratando de cambiar el tema y quitándose la camisa.

—Bien, después del descanso tenemos deportes —dijo Vito también empezando a desvestirse.

—Es cierto —dijo Joseph dudando qué debía hacer, pero también empezó a quitarse la camisa.

En un instante estaban todos completamente desnudos mostrando sus grandes atributos a Joseph, quien al ver las grandes vergas paradas de sus compañeros se excitó de tal manera, que en su lengua pudo sentir el sabor del semen, pero solo estaba tragando su saliva.

—Ponte la ropa de... —dijo Mike, acercándose lo suficiente a Joseph para tocar sus brazos.

—Te prometemos que la pasaras muy bien —dijo Luca.

—No le diremos nada a nadie –dijo Vito acercándose también a él.

—La pasaremos muy bien —replicó Luca, masturbándose frente a Joseph.

—Vamos, ¡anímate! —le dijo Combo al oído, mientras su pene le rosaba el pantalón en la parte de atrás.

Joseph estaba tan aturdido y excitado en ese momento, que sin pensarlo más, aceptó.

—Bien, está bien, lo haré —les dijo, mientras sus compañeros lo ayudaban a desvestirse completamente y lo acariciaban suavemente para excitarlo cada vez más.

Sentado sobre la cama, empezó a ponerse las pantimedias y los tacones mientras ellos lo observaban y acariciaban con todo lo que tenían, en los brazos, en la cara, en las piernas, en la panza y en los pequeños senos que tenía. Como pudo, se puso el sostén rojo y el *babydoll* negro mientras le chupaba el glande por ratos a cada uno y masturbaba a los otros.

Acostado de espaldas en la cama Joseph estaba encantado con lo que le hacían sus amigos, pero sobre todo fascinado por el tamaño del pene de Combo, que apenas le cabía en la boca.

Joseph flexionaba las rodillas para ayudar a Vito y a Combo, que lo sostenían y presionaban sus piernas contra sus hombros mientras sobaban y golpeaban sus nalgas y todo su trasero con sus grandes miembros, en tanto Mike y Luca le acababan en la boca y en la cara.

Entonces Combo, ya desesperado por penetrar a Joseph, subiéndose completamente a la cama de rodillas, con las manos rompió las pantimedias en la parte de atrás dejando el trasero de Joseph totalmente expuesto.

Combo empezó a empujar y presionar su enorme herramienta entre las nalgas de Joseph buscando el punto exacto de su abertura trasera, que iba cediendo y cada vez se hacía más grande.

Lentamente iba penetrando a Joseph ya que Combo la tenía más gruesa que todos en ese lugar.

Después de tanto probar y empujar, el agujero de Joseph se abrió tanto, que por fin le entró completamente la gran cabeza de Combo.

Al instante Joseph comenzó a eyacular sintiendo un gran orgasmo en el interior de su cavidad apretando y soltando a intervalos y sin cesar la enorme cabeza negra de Combo, quien a su vez eyaculaba adentro de Joseph.

Finalmente Luca lo hizo también dentro de la boca de Joseph.

Capítulo V: Vamos a jugar

Joseph entró a la cafetería, y viendo a Tony sentado en una mesa, se acercó a él.

—Vaya, qué te ha pasado —dijo Tony—. Te ves un poco asustado.

—Nada. Es solo que he tomado una ducha fría rápida —dijo Joseph sintiendo un poco de remordimiento.

—Está bien, ahora déjame invitarte a tomar algo —dijo Tony.

—Está bien, eres muy amable —dijo Joseph, y pidió una bebida fría.

En ese momento entraron a la cafetería Mike, Combo, Luca y Vito, también recién bañados, al igual que Joseph, pero muchos otros compañeros también acostumbraban darse una ducha para posteriormente dedicarse a los deportes toda la tarde, por lo que Tony no sospechó nada en ese momento.

Joseph sólo quería que se lo tragara la tierra.

Cuando se acercaron, Joseph se sintió nuevamente avergonzado, pero contento al mismo tiempo, sus sentimientos y sus pensamientos estaban en contradicción.

—¡¡Qué hubo, Tony! ¡¡Qué pasó, Joseph! —dijo Mike, y se saludaron con la mano como de costumbre.

Y aunque prácticamente todos habían descargado su gran desesperación por tener sexo con él, solo Combo le había dado por atrás hasta ese momento, pensaba Joseph, y se preguntaba qué harían los demás posteriormente.

—Hacemos un gran equipo, ¿verdad, Joseph? —dijo Vito con una gran sonrisa, refiriéndose a las actividades sexuales que habían tenido.

—¡¡Simón!!, Combo es bueno para meter goles —dijo Luca, aludiendo al equipo de futbol en el que practicaban.

—Así es —dijo Tony—, ¡vamos a dar lo mejor esta tarde!

Mientras, Combo le daba unas palmadas en la espalda para animarlo.

—Tú también eres bueno para jugar —le dijo Combo a Joseph.

—¡Oh!, ¡está bien! —le respondió Joseph, esbozando una tímida sonrisa.

Joseph estaba bastante aturdido y casi no hablaba, solo se reía nerviosamente, pero se sentía aliviado por saber que podía contar con el apoyo de sus compañeros y amigos.

Al mismo tiempo sentía que le dolía todo, y más la parte de atrás, que le palpitaba de a ratos, sobre todo cuando se movía o acomodaba, al sentarse o pararse. Pensaba si deseaba repetir aquello realmente o no. Ese era el dilema ya que posiblemente pronto todos se enterarían de una u otra forma.

Sin embargo, a Combo le había parecido una de las mejores experiencias de su vida, pues prácticamente había sentido por primera vez el fuego del interior de Joseph.

Las sensaciones que había tenido le parecían fabulosas y hasta extraordinarias y no dudaba en volver a repetir aquella actividad.

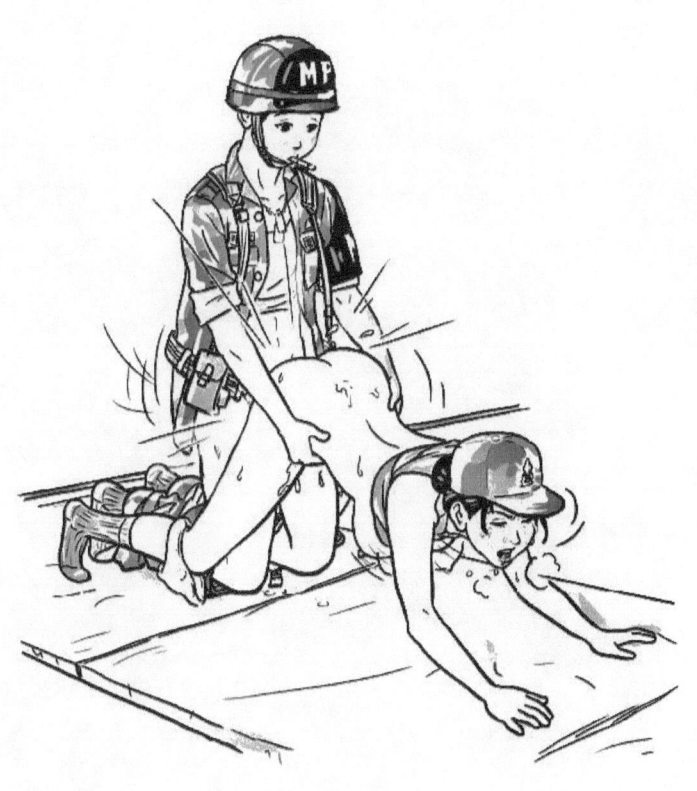

Capítulo VI: Fase final y aceptación

Al anochecer los dormitorios vacíos esperaban a los reclutas, Joseph ocupaba la litera de en medio junto con Tony, quien a su vez ocupaba la parte superior de esta.

Esa noche Tony le pidió a Joseph que lo dejara acompañarlo en su cama luego de que los demás se hubieran dormido. Joseph entendió lo que pretendía hacer Tony y que seguramente se la metería por detrás, pero él estaba demasiado adolorido y sentía cómo le palpitaba su entrada posterior por lo que Combo le había hecho en la mañana con su gran herramienta. Sin embargo, accedió pensando que tal vez eso lo aliviaría y reduciría un poco el dolor y el ardor que sentía.

Entrada la noche, Tony se metió con él entre las sábanas, Joseph le dio la espalda para que se acomodara muy pegado a él, tanto que Joseph sentía la fuerte erección en el miembro de Tony, quien se había despojado de su ropa previamente.

Así, Tony empezó a restregar su pene en las nalgas de Joseph, quien se excitaba cada vez más.

Luego, de a poco, Joseph se fue bajando la ropa interior hasta retirarla completamente. Levantó la pierna derecha suavemente para facilitarle la penetración a su compañero. Entonces Tony empezó a presionar y empujar su crecido y erecto miembro en la entrada anal de Joseph. Este sentía que ardía en llamas cuando se iba abriendo poco a poco, hasta que Tony logró la completa penetración. El sexo les proporcionaba a ambos una indescriptible sensación.

Tony a su vez sentía el inmenso calor en el interior de Joseph y se balanceaba cadenciosamente detrás de él sin parar.

Los dos trataban en vano de no hacerlo muy fuerte para no despertar a los demás compañeros, que dormían cerca de ellos. Por momentos solo se oían leves gemidos de ambos, pues los dos disfrutaban del máximo placer.

Tony sintió las contracciones anales de Joseph cuando llegó al orgasmo una vez más. Y Joseph sintió cómo Tony se venía dentro de él. Joseph había comprendido que eso era algo diferente. Algo que lo acompañaría por mucho tiempo y que, sin quererlo realmente, había también llegado a disfrutar más de lo que él había podido imaginar alguna vez.

Capítulo VII: A la ducha

Normalmente la mayoría de soldados y reclutas se levantaba a las 5 de la mañana para poder pasar al baño, vestirse con el uniforme bien planchado y el calzado lustrado, y dejar arreglados y limpios los dormitorios, para luego pasar al comedor.

Esa mañana Joseph se levantó media hora antes para ir al baño con más tiempo para su limpieza y aseo personal.

Jim, el sargento primero de la compañía, ya estaba en el baño, pues era de los primeros que tenía que estar listo, no por nada tenía ese rango.

—Buenos días, mi sargento —dijo Joseph al entrar haciendo el saludo.

—Buenos días, Castañeda —dijo Jim levantando una ceja, extrañando la hora de llegada de aquel.

—Hace bien en levantarse temprano —dijo Jim, dándole una palmada en la espalda.

Sentados en la misma banca, los dos empezaron a desvestirse, pues tenían que pasar a las duchas.

Jim fue el primero en quedar completamente desnudo, y al ponerse de pie Joseph vio su enorme miembro negro al aire, adelantándose rápidamente a ducharse.

—¡Saque chispa, Castañeda! —dijo Jim, y Joseph no tuvo más remedio que desvestirse completamente delante de él.

Rápidamente se puso de pie y caminó hacia la ducha a la par de Jim.

Jim lo miró de pies a cabeza, le llamó la atención su pequeño miembro, el cuerpo delgado y sin vellos, las nalgas paradas y los pequeños senos que Joseph tenía, lo que, sin querer, empezó a despertar en él la erección de su miembro.

En un instante y casi sin darse cuenta, su gran verga estaba completamente dura y erguida,

entonces Joseph, percatándose de lo sucedido, se acercó a él, rozando su cuerpo y su enorme pene, para cubrirlo por si alguien más entraba al baño en ese momento.

Dándole las gracias, Jim terminó de bañarse y tomó su toalla, cubriéndose todo lo que pudo, y luego salió de la ducha hacia el vestidor.

Rápidamente también Joseph terminó de bañarse y alcanzó a Jim en los vestidores.

—Castañeda, quiero que hoy vengas a jugar squash con el equipo de la compañía, a las once, sin falta —dijo Jim,

—¿Es una orden? —preguntó Joseph.

—Puedes tomarlo así —dijo Jim, quien se apresuró a cambiarse y se retiró.

Capítulo VIII: *Squash*

Había terminado el entrenamiento, y Joseph no la había pasado muy bien, pues estaba en desventaja desde que los demás jugadores promediaban el metro noventa de estatura y eran corpulentos y musculosos, acostumbrados al juego rudo, con mucha fuerza y velocidad.

A las claras había sido el perdedor del día, sin embargo, por otra parte, se había ganado el interés de Jim desde el incidente de la mañana.

El equipo estaba integrado por tres oficiales, dos sargentos, un cabo y el invitado Joseph Castañeda.

Los oficiales se retiraron a los baños correspondientes de personal de alto rango. El sargento segundo Aguilar y el cabo Ramos se habían adelantado a los baños de las instalaciones; Joseph se había quedado recibiendo unas instrucciones acerca del squash con Jim en la cancha.

Jim lo tomó de los brazos y de las manos para indicarle la forma correcta de agarrar la raqueta y pegarle a la pelota, sin embargo, ambos sentían la electricidad que les corría en la piel cuando se tocaban.

Al cabo de un rato se dirigieron a los baños cuando los otros compañeros iban ya de salida.

Sin decir palabra, se sentaron uno a la par del otro y empezaron a desvestirse mientras se rozaban los brazos que sacaban chispas.

Estaban completamente desnudos, Jim se puso de pie para que Joseph pudiera alcanzar mejor su enorme miembro negro.

Con las manos, Joseph tomó su herramienta y empezó a masturbarlo, alcanzó la erección completa al cabo de un par de minutos.

Se puso la cabeza del pene en la boca, y dándole besos y chupones hizo estremecer a Jim, que apenas aguantaba sin acabar.

Entonces, abriendo la boca y poniendo el glande sobre su lengua, Jim liberó un primer chorro de esperma sobre ella, lo que a Joseph le causó la erección de su miembro y le hizo subir aún más su nivel de excitación.

Luego Joseph se puso de pie y dándole la espalda a Jim, apoyó la rodilla derecha en la banca y se inclinó hacia adelante, al instante Jim se puso atrás de él, le agarró las nalgas y se las abrió con fuerza para poder verle la entrada posterior mientras ponía su enorme miembro en medio de ellas.

Tenía la entrada hinchada y enrojecida, Jim se dio cuenta de que alguien más también se estaba follando a Joseph, ¿pero qué podía hacer? No se podía detener en ese momento, pues con su pene ya estaba presionado para meterlo en la cavidad, su punta empezó a sentir el calor interno del cuerpo de Joseph, lo que lo hizo levantar la vista para ejercer más fuerza y más presión.

La abertura anal empezó a ceder y a ceder, y al bajar la vista se dio cuenta de que todo su miembro estaba adentro de Castañeda, quien se movía rítmicamente contra su pelvis. ¡Era demasiado tarde para detenerse!

Jim lo tomó por los pequeños senos, que entonces estaban agrandados y endurecidos, y empezó a moverse según el ritmo del recluta, hasta el punto en que era tanta la excitación y el placer que sentía por los movimientos de este, que prácticamente lo hizo acabar. De pronto Jim empezó a descargar todo el semen que tenía acumulado adentro de él.

Al cabo de un rato Jim estaba sacando su gran miembro de la cavidad anal de Joseph y le abrió de nuevo las nalgas para ver el orificio que había quedado, que era de cuatro o cinco centímetros de diámetro y estaba completamente lleno.

Entonces Jim le dio un par de palmadas en las nalgas, lo tomó del brazo, y se sentaron a platicar.

—¿Quién más te ha estado follando? —le preguntó Jim, mirándolo a los ojos.

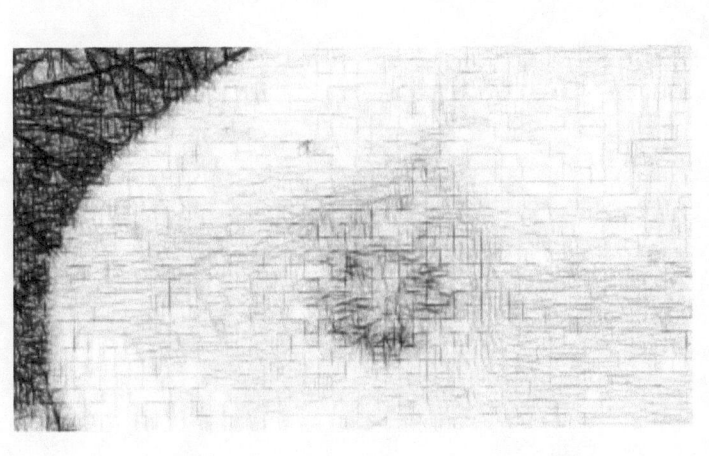

Capítulo IX: La confesión

Joseph le contó a Jim lo que había pasado con Tony y también con sus otros cuatro compañeros.

—Bueno, está bien —dijo Jim.

—Verás, es por esto que quería hablarte, necesitamos con urgencia de tus servicios. Se podría decir que por tu sinceridad te has ganado un ascenso y desde ahora estarás a cargo de darle los servicios sexuales a toda la compañía.

—¡Claro que no! ¿Qué te pasa Jim?, no puedo hacer eso —replicó Joseph.

—Mira, Joseph, no lo veas como un castigo, será tu forma de colaborar con nuestro país y nuestro ejército. Se te proporcionarán prendas femeninas para aquellos que lo requieran, esto no será obligatorio, sino opcional, lo que podría reducir la cantidad de soldados. Te explico: el problema que tenemos es serio, y estamos aislados en este momento, debemos aguantar, pero es necesario descargar sexualmente a nuestros compañeros cada cierto tiempo para que puedan estar concentrados a la hora de los operativos. Estamos hablando de ciento veinte hombres más dos suboficiales, el teniente Santos y el capitán Palencia —dijo Jim.

—Vaya, también quieres que me folle al capitán —rio Joseph—, ¡esto debe ser una broma!

—No, no lo es. Necesitamos tu ayuda. Piénsalo, serás cabo primero y ya no un recluta más. Además, por el momento no saldrás en ningún operativo, y eso se traduce en resguardo y seguridad. Tendrás muchos privilegios y ciertas comodidades, pero solo mientras estés de servicio, o mientras dure el aislamiento, a no ser que haya otro requerimiento importante. Pero primero debes decir si estás dispuesto. Debes decidir ahora. Debo avisarle al teniente Santos.

—Ummh, parece que no tengo muchas opciones de todos modos —dijo Joseph, porque sabía que tarde o temprano todos en la compañía se enterarían de lo sucedido y hasta podía llegar a ser un problema a causa de su situación—. Así que... está bien, ¡lo haré! —respondió Joseph.

—¡Bien por ti! —contestó Jim—. Ahora pasarás a formar parte de las Fuerzas Especiales del Ejército y serás entrenado como tal, llevarás cursos especiales de operaciones encubiertas, defensa personal, asalto táctico operativo, uso de armas especiales, adiestramiento psicológico y tácticas militares destinadas a la defensa de personal de alto rango.

—¿O sea que ahora seré un tipo de guardaespaldas? —preguntó Joseph.

—Más que eso, pero puedes verlo de esta manera: básicamente pertenecemos a un Agrupamiento Táctico Especial de Defensa, las Fuerzas Tácticas Especiales, bajo el mando del S tres, completamente operativo en tiempos de guerra. Serás transferido al área de la guardia de oficiales a partir de mañana. Tu cambio de rango se anunciará a las mil ochocientas, a la hora de formación —le explicó Jim.

Capítulo X: La despedida

A la hora del almuerzo, Joseph les contó todo a sus compañeros, la nueva asignación que le habían encomendado, que a partir del siguiente día ya no estaría con ellos en el dormitorio y lo de su ascenso. Únicamente excluyó el incidente con Jim porque consideraba que no venía al caso.

—¡Todos te apoyamos! —dijo Mike.

—No te preocupes, sabemos las circunstancias en las que nos encontramos ahora, creemos que puedes hacer un buen trabajo por el bien todos —expresó Tony.

—¡Bien por ti!, ¡por tu ascenso! —se alegraron Vito y Luca.

Combo ya había pensado otra cosa para la noche, pues ya quería hundir de nuevo su herramienta en él, Joseph podía ver eso en sus ojos y en el fondo también él lo deseaba.

A la noche, cuando ya estaban todos dormidos, Combo se levantó y fue directamente a la cama de Joseph, se sentó en la cama y se desvistió completamente.

Joseph se había puesto las pantimedias rotas, el sostén rojo y los zapatos de tacón negros, quedó completamente descubierto al retirar las sábanas que lo cubrían para que Combo lo pudiera ver aun con la tenue luz que entraba por la ventana del dormitorio.

Al verlo, Combo se montó sobre él; sintiendo el roce del material sintético de las medias de nylon en sus manos, su miembro empezó a crecer automáticamente, pues eso lo excitaba de gran manera.

Joseph flexionó las rodillas retrayendo sus piernas como un pollo asado. Combo, al encontrar su entrada posterior, empezó a penetrarlo muy despacio para que Joseph no sintiera mucho dolor debido al grosor de su miembro.

Pero una vez lograda la penetración deseada, lo sujetó de las piernas haciéndole cada vez más presión sobre ellas, tanto que sus rodillas estaban casi a la par de sus oídos

Combo empezó a cabalgar a Joseph como un tren a todo vapor, llevando a Joseph a otra galaxia por el gran placer que le proporcionaba, se aceleró su ritmo cardíaco, su respiración y su presión sanguínea alcanzaron su cota más elevada, su pene estaba completamente erecto, su ano y sus músculos pélvicos se empezaron a contraer entre cinco y diez veces a intervalos de menos de un segundo y lo hicieron acabar.

Joseph lanzaba grandes chorros de esperma que llegaban hasta su propia cara.

Finalmente, también Combo logró descargar como medio vaso de esperma, aproximadamente, adentro de Joseph, quedando completamente agotado y satisfecho. De este modo le dio a Joseph la más grande y mejor cogida de su vida, pues era algo que él no olvidaría jamás.

Capítulo XI: El Gordito

Habían pasado los días, y Joseph hacía su mejor esfuerzo tanto en su entrenamiento en las Fuerzas Tácticas Especiales (FTEE) como para complacer a los compañeros y los oficiales que habían requerido el servicio. Afortunadamente para él, no eran todos los elementos de la compañía, pues algunos ya tenían a su pareja dentro de los mismos compañeros, y otros preferían satisfacerse ellos mismos.

Cierto día surgió un imprevisto, y Jim, el sargento primero, fue en busca de ayuda.

—Joseph, necesito que atiendas a una persona —le dijo—. Es el señor de la cocina, le dicen el Gordito, no tienes nada de qué preocuparte, solo que no estaba contemplado. Se nos pasó por alto el detalle. Solo quería avisarte para que te estés preparando —concluyó el sargento, y le entregó una nota con los requerimientos del cocinero.

—Está bien —dijo Joseph—, lo tomaré en cuenta. ¡Gracias por avisar!

La nota decía que el vestuario debía de ser como el de una colegiala, con medias de nylon arriba de la rodilla, falda corta y blusa estudiantil blanca, zapatos de colegio y peluca con el cabello rubio.

Al día siguiente, sin perder tiempo, Joseph se vistió tratando de respetar todo lo posible los requerimientos de aquel hombre.

El cocinero era corpulento y musculoso, de tez blanca, de un metro noventa o dos metros de estatura, y tenía una gran barriga, razón por la que seguramente le decían el Gordito. Era un gigante enorme. Esos eran detalles que Joseph no había tomado en cuenta, pero que de una u otra forma tenía que resolver.

Cuando llegó el Gordito no se había quitado la ropa aún.

—Bueno, ¿qué quieres hacer? —dijo Joseph.

—¡Solo oral! —respondió el cocinero.

—Está bien, puedes desvestirte y luego siéntate acá en el sillón —le indicó Joseph.

Su miembro era bastante voluminoso, pero estaba completamente flácido, se notaba que

su cuerpo cavernoso no se había llenado de sangre por falta de excitación. El glande o cabeza era más grande que el cuerpo o tronco, pero estaba aún medio cubierta por el prepucio, pues al parecer no tenía la circuncisión.

Joseph se colocó hincado frente a él, entre sus piernas. Con sus manos lo acarició en las piernas y poco a poco fue bajando hasta llegar a tocarle el pene y el escroto. Luego llegó a su miembro, lo tomó con sus manos y le bajó el prepucio, dejando al descubierto el enorme y rosado glande que tenía bien guardado.

De pronto los ojos de Joseph se abrieron asombrados. Comenzó a masturbar al Gordito tratando de excitarlo sexualmente para provocar la erección de su miembro. Así estuvo durante un buen rato, pero el pene del cocinero no quería reaccionar. El Gordito entonces lo tomó de la cabeza y jalando lo acercó a su miembro poniendo sus labios sobre el glande, Joseph empezó a soplarlo y besarlo, chupando por momentos la punta de la cabeza en la abertura de la uretra causando los primeros indicios de que la excitación estaba funcionando. El tronco se empezó a llenar de sangre, y la cabeza a crecer, pero no lo suficiente para completar la erección.

Por la misma excitación el Gordito hizo más presión sobre los labios de Joseph con el glande, introduciendo la cabeza del pene completamente dentro su boca y empezando él también a excitarse al sentir cómo aumentaba de volumen al llenarse de sangre.

Para su sorpresa el tamaño del pene del Gordito era más corto de lo esperado, tenía entre once y doce centímetros, y su grosor tenía aproximadamente cinco centímetros, como el grosor del pene de Combo, pero tenía la cabeza más grande y redonda que aquel.

"Parece que ahora ya sé por qué le dicen el Gordito realmente", pensó Joseph.

Capítulo XII: Resolución final

Con la lengua le rozaba y acariciaba la rosada cabeza por arriba y abajo haciendo movimientos giratorios. Haciéndole cosquillas con la lengua por debajo del glande, dándole golpecitos en parte del frenillo, logró aumentar la excitación del Gordito, quien haciendo más presión sobre la cabeza de Joseph, tocó el fondo de su boca, rozando el agrandado glande su garganta.

El cuerpo de Joseph se erizó y provocó la erección de su pequeño miembro en el instante en que el Gordito expulsaba por la uretra un chorro de líquido preseminal.

Los labios de Joseph tocaban la raíz del miembro, y su nariz topaba contra la pared púbica del cocinero mientras éste empujaba y frotaba el glande en su garganta.

Joseph sintió cómo el pene del Gordito se ponía cada vez más duro y lanzaba un chorro de semen en su garganta, pero sin llegar al orgasmo.

Aunque el cocinero solo había pedido sexo oral, los dos empezaron a actuar instintivamente. Joseph, tragó el semen y se retiró, y los dos rápidamente se pusieron de pie para cambiar de posición.

Como por arte de magia, y sin darse cuenta, Joseph estaba hincado en el sillón con las piernas abiertas, la falda levantada y el trasero en el aire, el Gordito le apartaba las nalgas para descubrir el lugar de ingreso, donde frotó y empujó su rosado y enorme glande. Las paredes iban cediendo ante la fuerte presión que él ejercía a causa del frenesí de los dos. El ano de Joseph se había extendido y ampliando hasta cinco centímetros, que era el diámetro de la cabeza del Gordito, permitiendo así el ingreso del miembro de éste a ese lugar que parecía un horno de pizza muy caliente.

Empezó a frotarlo en su interior, con lo que produjo las sensaciones placenteras más extremas de la excitación sexual, cercanas al orgasmo.

Pronto el cuerpo del Gordito se tensó, y llegando al clímax, se aceleró su respiración. Se generó una serie de contracciones musculares involuntarias intensamente placenteras en la parte de su pelvis y de su próstata, mientras expulsaba grandes cantidades de semen en el interior del cabo primero.

Hasta que finalmente el Gordito liberó toda la tensión acumulada, paulatinamente fue retirándose de él.

—¡Espero que no sea la última vez! —dijo el Gordito, dejando a Joseph vestido como una colegiala con las nalgas y piernas escurriendo y las medias y los zapatos chorreados.

—Cuando necesites algo de la cocina, solo avisame, será un gusto poder servirte —volvió a decir el cocinero.

Asombrado por sus palabras llenas de amabilidad y cortesía, Joseph asintió con la cabeza.

—¡Está bien!, creo que podré visitarte de vez en cuando —dijo Joseph sonriendo.

Joseph estaba convencido de que al final esas cualidades junto con la tolerancia y el respeto —no las armas— salvarían a la humanidad.

Índice

Prólogo   7

Capítulo I: El comienzo   11

Capítulo II: Todo por la boca   15

Capítulo III: Vamos por todo   21

Capítulo IV: Picnic   25

Capítulo V: Vamos a jugar   31

Capítulo VI: Fase final y aceptación   37

Capítulo VII: A la ducha   43

Capítulo VIII: *Squash*   47

Capítulo IX: La confesión   55

Capítulo X: La despedida   61

Capítulo XI: El Gordito   65

Capítulo XII: Resolución final   71

Editorial LibrosEnRed

LibrosEnRed es la Editorial Digital más completa en idioma español. Desde junio de 2000 trabajamos en la edición y venta de libros digitales e impresos bajo demanda.

Nuestra misión es facilitar a todos los autores la edición de sus obras y ofrecer a los lectores acceso rápido y económico a libros de todo tipo.

Editamos novelas, cuentos, poesías, tesis, investigaciones, manuales, monografías y toda variedad de contenidos. Brindamos la posibilidad de comercializar las obras desde Internet para millones de potenciales lectores. De este modo, intentamos fortalecer la difusión de los autores que escriben en español.

Ingrese a www.librosenred.com y conozca nuestro catálogo, compuesto por cientos de títulos clásicos y de autores contemporáneos.